Buchstaben, Wörter und Zeichnungen
verschwinden in den Zwischenräumen
der Kommunikation.

Letters, words and pictures disappear in the
gaps of communication.

inter-space
inter-est
inter-face

inspiration – Zwischenräume der Kommunikation
inspiration – gaps of communication

Marion Wolters

Herstellung und Verlag:
BoD - Books on Demand, Norderstedt
ISBN 978-3-8370-8779-6

Inter-space, inter-est, inter-face

Inspiration – Zwischenräume der Kommunikation

Wenn man pink und weiß einen Namen gibt, lautet er „Inspiration".

Wer sich ansieht, was sich auf dem Weg von einer zum Pol stilisierten Farbe zum anderen Pol befindet, entdeckt die Vorsilbe „inter".

inter-space	**inter-est**	**inter-face**
Embrace	**Embrace**	**Embrace**
the interspace	interest	the interface
as a place for	as an esteem	as signs
realizing	to be inter	between
your dreams	the whole	the lines
create	**enjoy**	**act**

Kapitel 1

inter-space

Embrace
the interspace
as a place for
realizing
your dreams

<u>create</u>

Kolibris reiten auf Elefanten, die sich lachend lenken lassen.
Kußbereite Grammophone applaudieren schweigend siegreichen
Pinguinen. Seltersgeruch, der nur für Eichenblätter
wahrnehmbar ist, breitet sich lautlos aus in der gläsernen Halle
der Töne, die zwischen Sauerstoffmolekülen gebaut mitten in
der Luft steht. Venusblumen versprechen mit glänzenden,
rosigen Lippen Liebe und schenken Freude.

Auf einem vielfarbigen, gutriechenden Gemälde, das ohne
schwarz und weiß auskommt, entdeckt Ariana ihre Freundin
A'nah, die indische Tanzlehrerin.

Ein schwarzhaariger Mann stellt sich neben Ariana. Er fragt sie, welche Tanzfigur A'nah darstellt. "Das ist der Prototyp der Inspiration", antwortet sie und zeigt auf die gläserne Figur, die neben ihm auf dem Tisch steht. "Eine solche Figur hätte ich gern", sagt der Mann. "Wir stellen dieses Glasfiguren her", erklärt Ariana stolz. Wenig später tauschen sie ihre Visitenkarten aus und Ariana hat wieder ein Produkt ihrer Erfinderfirma verkauft, die hauptsächlich mit dem Material Glas arbeitet. Sie verrät ihm nicht, dass die gläserne Tanzfigur ihre Käufer in allen Lebensbereichen inspiriert.

Die wortarme Mühelosigkeit, mit der sie Aufträge erhält und Produkte verkauft, ist typisch für sie.

Es gibt so viel zu sehen auf dem Gelände. Permanenter Lichterschmuck verschönert achtzigjährige männliche und weibliche Models, die ihre Falten mit Stolz und Würde tragen.

Weiße Federn liegen zentimeterhoch in einer riesigen Halle ohne Dach, die in Form einer überdimensionierten Wolke drapiert sind. In der Mitte der Federwolke steht:

Die Zeichen der Zeit

Möwen mit beschriebenen Papierfragmenten fliegen lautlos darüber hinweg. Sie sortieren die Fetzen auf einem nahe gelegenen Felsen zu einem Gleichnis.

Ariana sucht den Ausgang. Doch sie findet nur ein Tor, das mit einem gigantischen Stück weißer Seife aus Marseille versperrt ist.

Ariana wacht um 4.10 Uhr auf, 10 Minuten bevor der Wecker klingelt. Sie schaut auf das Display ihres elektronischen Beraters, der bereits die Jobliste für den heutigen Tag aktualisiert und optimiert hat. Ihr erster Termin ist um 7.30 Uhr im Haus ihres neuen Kunden. Sie verabredet sich mit A'nah am Strand von Nizza. A'nah lehrt sie dort eine Stunde lang neue Tanzformen.

Beide sind für die Eröffnung der gestrigen Ausstellung hierher geflogen. Bei einem Brainstorming für das Event am heutigen Abend frühstücken sie. Erdbeer- und mintfarbene Worte strahlen durch die Zwischenräume der Kommunikation. Eine Idee aus pinkfarbener Seide gewinnt den Wettbewerb.

Ariana fährt in einem ihrer selbst produzierten gläsernen, ausschließlich solarbetriebenen Autos nach Monaco. Es ist einer dieser Morgen im Frühling, an dem man Produkte nur wegen des Versprechens verkauft, das einem dieser enthusiastische Morgen gibt.

Von einem Plateau aus sieht sie auf das Haus ihres neuen Kunden. Auf dem Dach befindet sich ein Swimmingpool umgeben von Bäumen – nicht ungewöhnlich für diese Gegend. Südfranzösische Träume in den Interviews der Anmut.

Wenig später betritt sie das Wohnzimmer, dessen Boden wie jeden Morgen gewischt wird. Frische langstielige Blumen in kollosallen Glasvasen stehen verteilt im spärlich dekorierten Raum.

Arianas Gedanken werden von sorgfältig recherchierten Fakten in ein noch zu entwerfendes Handelskonzept integriert. Sie schaut auf den Tisch, auf dem die Financial Times liegt, als ihr Kunde sie begrüßt.

Ariana gibt ihm die gläserne Tanzfigur. "Sie sind nicht beeindruckt von meinem Reichtum, weil sie ihn gewohnt sind", sagt der schwarzhaarige Mann. "Ich kenne das Geheimnis der Figur wie sie das Geheimnis des Reichtums kennen. Auch wenn Sie sich entschieden haben, ihn anders zu leben als ich – unsichtbar für andere. Ich weiß, dass eine kunstvoll gestaltete Buchausgabe in pink und weiß eines ihrer kleineren Wünsche ist", fährt er fort und übergibt ihr eine mit Ornamenten gestaltete Ausgabe des englisch-lateinischen Wörterbuches für die Vorsilbe "inter". "Ja, zwischen unseren geschäftlichen Aktivitäten finden wir zeitliche und räumliche Möglichkeiten, um unsere Träume und Wünsche zu erfüllen", sagt Ariana begeistert. "Und Sie suchen jemanden, mit dem Sie sich in den Zwischenräumen der Kommunikation unterhalten können", freut sich Ariana. "Rufen Sie mich an, wann immer Sie möchten."

inter-space, inter-est, inter-face

inspiration – gaps of communication

If you want to name pink and white it is 'inspiration'.

Those who look what is on the way from one colour that is stylized to a pole to another one, will find the prefix 'inter'.

inter-space	**inter-est**	**inter-face**
Embrace	**Embrace**	**Embrace**
the interspace	interest	the interface
as a place for	as an esteem	as signs
realizing	to be inter	between
your dreams	the whole	the lines
create	**enjoy**	**act**

Chapter 1

inter-space

Embrace
the interspace
as a place for
realizing
your dreams

create

Humming birds ride elephants who allow them to guide them laughingly. Gramophones which are ready for a kiss applaud silently victorious penguins without speaking. The smell of soda water which is only perceptible for oak leaves is noiselessly spreading in the glassy hall of sounds which is built between oxygen molecules in the middle of the air.

Venus flowers with glossy, rosy lips promise love and give joy as a present.

Ariana discovers her friend A'nah, the Indian dance teacher, on a multicoloured good smelling painting that gets along without black and white.

A man with black hair stands next to Ariana. He asks her which dance figure A'nah presents. 'This is the prototype of the idea of inspiration', she answers and shows him the glassy figure which stands next to him on the desk. 'I would love to have such a figure', says the man. 'We produce these glass figures', Ariana explains proudly. They exchange their business cards a bit later and Ariana has just sold a product of her inventor company which mainly works with glass. She does not tell him that the glassy dance figure inspires the buyer in all areas of life.

The ease she attracts new business with nearly no word is typical for her.

There was so much to see on the terrain. Permanent lights jewellery brightens up 80-year-old male and female models who bear their wrinkles with pride and dignity.

White feathers lie centimetres high in a hugh hall without a roof which are draped in form of an oversized big cloud. In the middle of the feather cloud is written:

The signs of the times

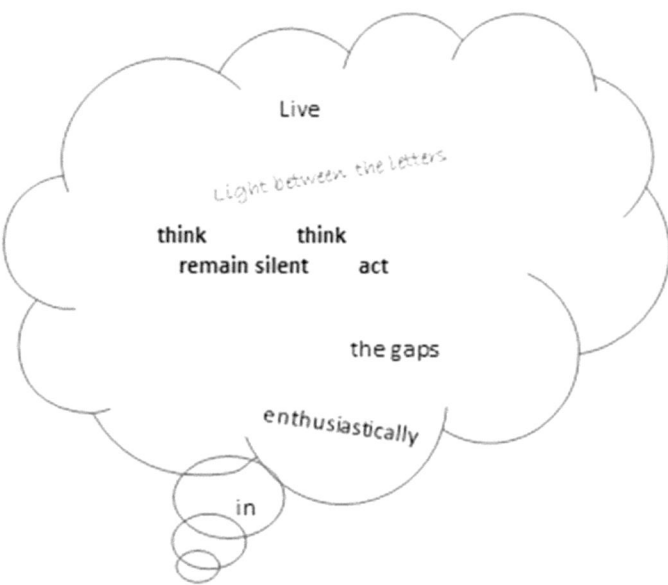

Seagulls with inscribed paper fragments fly noiselessly over it. They arrange the bits of paper on the nearby rocks to an allegory.

Ariana seeks the exit. But she only finds a gate that was blocked with a gigantic piece of white soap from Marseille.

Ariana wakes up at 4:10 CET, 10 minutes before the alarm clock rings. She looks at the display of her electronic consultant which has already updated and optimized the job list for the day.

Her first appointment is at 7:30 CET in the house of her new customer. She arranges a meeting with A'nah at the beach of Nice. A'nah will teach her new dance formations for an hour there.

Both took the flight over here for the exhibition opening yesterday. They are having breakfast while brainstorming for the event which takes place this evening. Words which are coloured in strawberry and mint shine through the gaps of communication. An idea made of pink silk wins the competition.

Ariana drives to Monaco in one of her glassy cars she produced herself which are solely driven by solar energy. It is one of these mornings in spring you are selling products only with the promise this enthusiastic morning makes.

From a plateau she looks on the house of her new customer. On the roof there is a swimming pool surrounded by trees – not unusual for this area. Southern French dreams in the interviews of grace.

A little later she enters the living room which is cleaned as it is on every morning. Fresh long-stemmed flours in a colossal glassy vase are distributed in the room that is sparsely decorated.

In Ariana's thoughts carefully researched facts are integrated into a trading concept which still has to be drafted. She is just looking at the Financial Times on the desk when her customer welcomes her.

Ariana gives him the glassy dance figure. 'You are not impressed by my wealth because you are used to it', says the black-haired man. 'I know the secret of the figure as you know the secret of wealth. Although you have decided to live it in a different way – not visible to other people. I know that a book with ornaments in pink and white is one of your minor wishes', he continues and passes her a printed edition of the English-Latin dictionary for the prefix 'inter'.

'Yes, between our business activities we find possibilities in time and space to make our dreams and wishes come true', says Ariana enthusiastically. 'And you are looking for someone you can talk to in the gaps of communication', says Ariana with delight. 'Call me whenever you like.'

Kapitel 2

inter-est (inter-esse lat. 'dabei sein, dazwischen sein)

Embrace
interest
as an esteem
to be inter
the whole

<u>enjoy</u>

Jasminduft begleitet den beginnenden Frühling. A'nah betrachtet eine überdimensionale Glaskugel mitten in einem Park in Cannes, die für einen Tag am 1. April als Aprilscherz dort aufgestellt wurde. "Entweder – oder" heißt die Kugel im Mittelpunkt. Erst jetzt sieht A'nah, dass die große sie umgebende Kugel "sowohl als auch" heißt. "La vie est magnifique est je crois en moi", liest sie an anderer Stelle.

Wenige Minuten später trifft sie ihre Freundin Marina, die ihre Textausstellung einem reichen, hochinteressierten Publikum im Interkontinental präsentiert.

Tee mit Pinienkernen und Oliven werden in kleinen gläsernen Etageren serviert. Russische Geschäftsfrauen klären telefonisch geschäftliche Probleme.

A'nah steht fasziniert vor einem Wortkonzept der Zukunft, das sich inhaltlich permanent überholt, als ihr die nächsten Texte bedeuten, dass sie von ihr gelesen werden möchten:

Mit spitzen Schreien des Entzücken fallen Orangen auf Dattelkerne in leere, steinerne, offenliegende Bananenschalen, die von Ameisen in Himmelfahrtskommandos abtransportiert werden.

Leerzeichen flirten aufgeregt mit Interpretationslücken in einem mehr als sehr
warmen Raum für Assoziationen
in dem Erinnerungen wohnen,
die sie belohnen.

Ein Rosenstengel nimmt einem Businessengel den Mantel ab und setzt seine Entkleidung ohne die Vermeidung einer Entscheidung fort. – Neckische Spiele auf den ungelesenen Seiten des Internets. Embrace.

Geschmückt mit Obstbaumblüten spaziert ein Rabe die weiß-rosa beblühte Gasse zur Schloßruine von Nizza hinauf. Feuchtigkeitsfeste feiernde Wasserfälle beziehen die Sinnlichkeit des Intellekts ausdrücklich mit ein. Sie wünschen sich, den Flugschlag des Rabens nachahmen zu können, als er davonfliegt in der Stille der Mittagshitze.

Fotos von einer Badebucht in Monte Carlo lächeln freundlich. Sie verbergen den ersten innigen Kuss eines Paares zwischen zwei Aufnahmen.

Sonnengleiche, namensreiche Zeichen erreichen A'nah in diesen leichten Zeiten.

A'nah unterhält sich angeregt mit Marina, die ihr die Geschichte so mancher Textzeile erklärt. Und auch, dass sie glücklich verliebt in einen brillianten, schwarzhaarigen Franzosen ist, dem sie so manche Textinspiration verdankt.

Edelsteinähnliche Erinnerungen huschen durch Marinas Gefühle, während sie sich ausführlich mit A'nah unterhält.
Sie verwandeln eine Liebesnacht in einen Haarknoten, den sie laut lachend wieder auflöst.

Marina erinnert sich, dass sie ihren neuen Freund dabei erwischte, wie er nachts als Statist durch ihren Traum lief, kurz nachdem sie sich kennengelernt hatten.

Angetanzt von schmetterlingsfarbenen Gedanken, die Marina abwechselnd laut und leise ansingen, schreibt sie einen neuen Text.

Pfauenschöne Sprachgewänder kaschieren listenreiche Fakten.
Friedenszeiten mit vorher nie dagewesenem Wohlstand für den
Einzelnen. Sie bieten die Möglichkeit, überall hingehen und
teilnehmen zu können. Interaktionen in finanzkräftigen Perioden
ohne künstlerische Beschränkungen beinhalten das
Potential, Menschen glücklich zu machen.

Eine Gruppe italienischer Designer kauft einen zeitlosen
Text über die Sonne. Marina hängt ihn von der Wand ab.
Sie spendet den Verkaufserlös den Milleniums-
Entwicklungszielen der UNO. Ein Luxus, den sie sich
leisten kann, weil sie vom Verkauf ihrer Träume
leben kann.

A'nah hat währenddessen die Zeit im freien
Konferenzraum nebenan intensiv tanzend verbracht.
Angeregt von der Ausstellung hat sie die Choreographie
für das am Abend stattfindende Event neu gestaltet.

Sonnenterrassen unter Palmen können eine einladende
Wirkung entfalten, wenn körperliche Exzesse nachwirken.
Sie trifft dort Marina.

Eisfreie Coctails mit Textessenz werden gereicht.
Geeicht auf eine liberalisierte Gesellschaft, deren
kreatives Potential noch lange nicht ausgeschöpft
ist.

Sonnengelbe Töne mit marineblauen und hellroten
Harmonien verdichten sich zu einer Melodie. Sie trägt
libellenleichte Sätze auf Händen und läßt sie dann in
die Welt fliegen. Marina und A'nah fühlen sich lebendig.
Jede Faser ihrer Körper vibriert.

A'nah geht am Strand entlang. Charme und Flair surfen auf den Wellen hin und her.

Sie trifft ihren Mann, einen ehemaligen Analysten, der als Broker arbeitet und ihre kleine Tochter auf einem Spielplatz mit Meerestieren aus Holz.

Reagenzgläser fliegen flötend durch die Gegend. V-förmige Gedanken rauschen in dreifacher Geschwindigkeit an ihnen vorbei. Was wäre Silber ohne die Ahnung von Gold?
In den umliegenden Büros träumen perfekte Männerkörper von Berührung, während ihr Geist mit dem Lösen von Führungsaufgaben beschäftigt ist.

"Kkkunst kkkann. Kkkunst kkkann", stottert ein kleines Kind. "Kunst kann alle Lebensbereiche in einem Gemälde oder einem Musikstück vereinen", vollendet A'nah beispielhaft für sich selbst. Disharmonische Melodien weben sich leise in laute Harmonie nein. Wie ein kleiner Streit zwischen zwei Liebenden. Sie essen ein Eis. Ein traumloser Nachmittag eingekapselt in paradiesische Stunden.

Kapitel 2

inter-est (inter-esse lat. 'to be present, to be inter the whole')

Embrace
interest
as an esteem
to be inter
the whole

<u>enjoy</u>

Jasmine fragrance accompanies the beginning spring.
A'nah watches an overdimensional glass ball
in the middle of a park in Cannes which was only raised
there for the 1st April as an April fool's trick. 'Either-or'
stands in the center of the ball. Even now A'nah sees
that the big glass ball surrounds the small one which
is called 'not only...but also'.
'La vie est magnifique et je crois en moi', she reads
elsewhere.

A few minutes later she meets her girlfriend Marina, who
presents her text exhibition to a rich and highly interested
audience in the Intercontinental.

Tea with pine kernels and olives are served in small glassy étagères. Russian business women solve business problems over the phone.

A'nah is fascinated when she is standing in front of a word concept of the future which permanently overtakes itself while the next texts let her know that they want her to read them:

Mit spitzen Schreien des Entzücken fallen Orangen auf Dattelkerne in leere, steinerne, offenliegende Bananenschalen, die von Ameisen in Himmelfahrtskommandos abtransportiert werden.

Leerzeichen flirten aufgeregt mit Interpretationslücken in einem mehr als sehr
warmen Raum für Assoziationen
in dem Erinnerungen wohnen,
die sie belohnen.

Ein Rosenstengel nimmt einem Businessengel den Mantel ab und setzt seine Entkleidung ohne die Vermeidung einer Entscheidung fort. – Neckische Spiele auf den ungelesenen Seiten des Internets. Embrace.

Geschmückt mit Obstbaumblüten spaziert ein Rabe die weiß-rosa beblühte Gasse zur Schloßruine von Nizza hinauf. Feuchtigkeitsfeste feiernde Wasserfälle beziehen die Sinnlichkeit des Intellekts ausdrücklich mit ein. Sie wünschen sich, den Flugschlag des Rabens nachahmen zu können, als er davonfliegt in der Stille der Mittagshitze.

Fotos von einer Badebucht in Monte Carlo lächeln freundlich. Sie verbergen den ersten innigen Kuss eines Paares zwischen zwei Aufnahmen.

Signs rich of names,
sun like games
reach A'nah
in times without aims.

A'nah talks to Marina who is explaining the story of many text lines to her in an animated way. And also that she is happily in love with a brilliant black-haired Frenchman who she has to thank for so many text inspirations.

Memories which are similar to precious stones flit across Marina's feelings while she is talking to A'nah. They turn a love night into a knot which she opens while laughing loudly.

Marina remembers that she caught her new friend when he was walking through her dreams as an extra only a short while after they got to know each other.

Thoughts coloured like butterflies waltze in. They start to sing loudly and quietly. Marina writes a new text.

Language dresses which are beautiful like peacocks conceal cunning facts. Peace times with a welfare for the individual which has never been there before. They are offering the possibility to go everywhere and to participate. Interactions in financially strong periods without artistic limitations include the potential to make people happy.

A group of Italian designers buy a timeless text about the sun. Marina takes it down from the wall. She donates the sales revenues to the Millennium Development Goals of the UNO. A luxury she is able to afford as she can live from her dreams.

While A'nah has used the time in the conference room next to them to dance intensively. Inspired by the exhibition she has created the choreography for the evening happening anew.

Sun terraces under palms can develop an inviting impact when physical excesses continue to have an effect. She meets Marina there.

Iceless cocktails with text essences are offered. Adjusted to a liberalised society whose creative potential has not made full use of yet.

Sounds in sunny yellow with marine blue and bright red harmonies condense to a melody. It bears dragonfly light sentences on his hands and let them fly into the world then. Marina and A'nah feel vivid. Every fibre of their bodies is vibrating.

A'nah walks along the beach. Charm and flair are surfing on the waves, in the water, in the air.

She meets her husband, a former analyst, who works as a broker and her little daughter in a playground with ocean animals made of wood.

Test tubes fly whistling through the area. V-shaped thoughts rush past in threefold speed. What would silver be without the idea of gold? In the surrounding offices perfect bodies of men dream about touching while their minds are solving executive duties.

"Aaart ccaan. Aaart ccann', stutters a little child. 'Art can unite all areas of life in a picture or in a piece of music'. A'nah completes as an example for herself. Disharmonic melodies weave in quietly in loud harmonies. Like a little argument between two lovers. They are eating ice. A dreamless afternoon encapsulated in heavenly hours.

Chapter 2

Inter-face

Embrace
the interface
as signs
between
the lines.

act

Ariana is on her way to Canne. She thinks about the
congress of founders in Nice she is just coming from.
While her electronic consultant transfers the current
information of her company to her.

In her mind she walks between reflecting geometrical
figures on which boxwood plants are growing and goes up
to one of the rostrums of her company which organizes a
question and answer session.

'Ariana, what has given you the
idea to found your own
company?', asks a young woman.

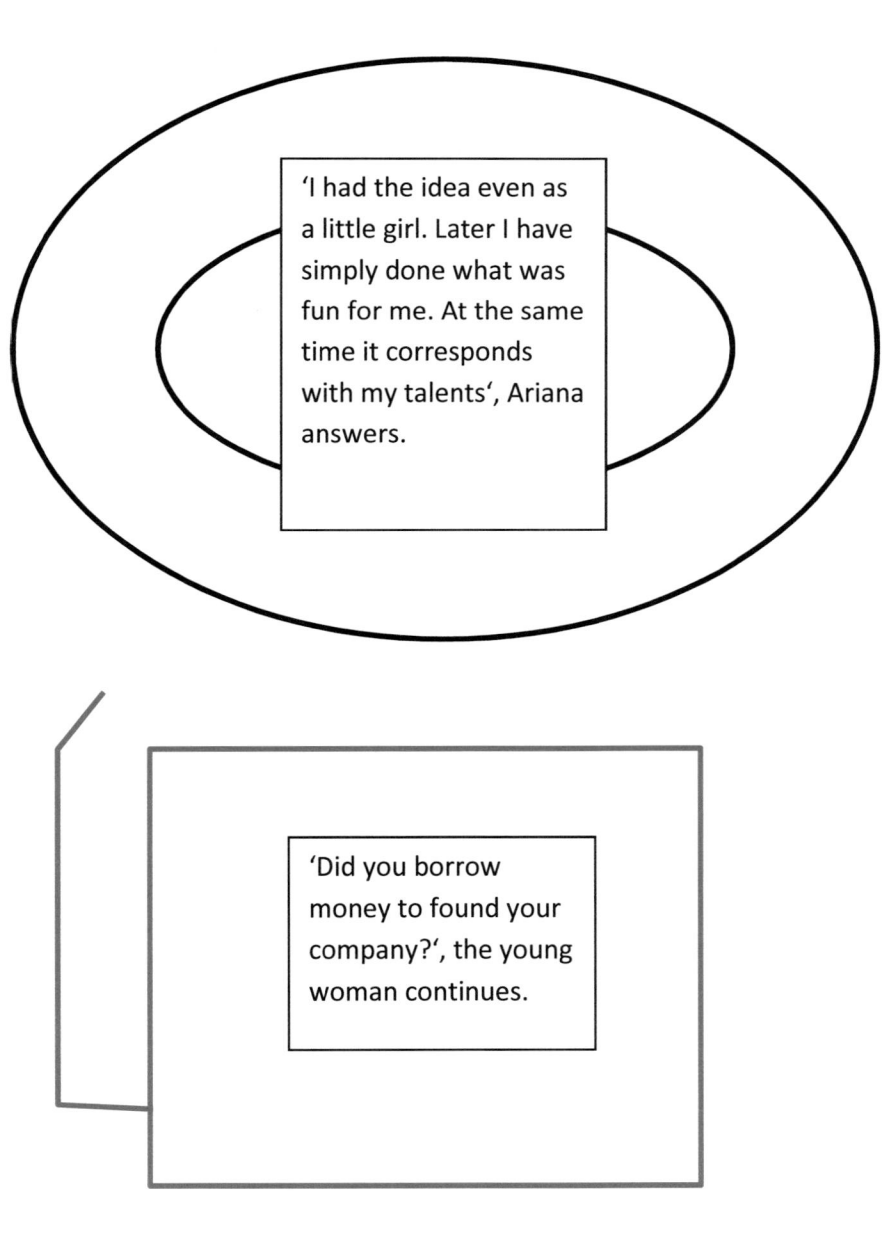

'I had the idea even as a little girl. Later I have simply done what was fun for me. At the same time it corresponds with my talents', Ariana answers.

'Did you borrow money to found your company?', the young woman continues.

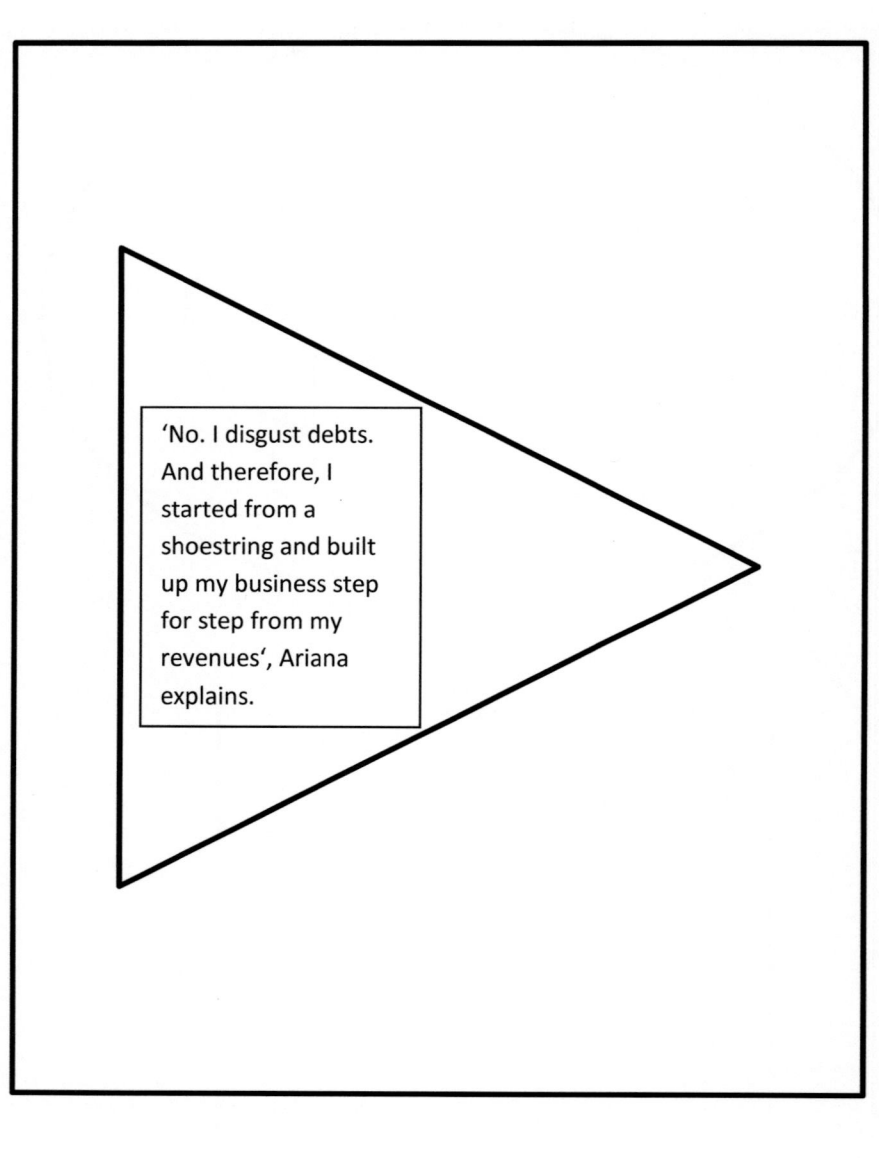

'No. I disgust debts. And therefore, I started from a shoestring and built up my business step for step from my revenues', Ariana explains.

RACE

'In particular I have invested in my capacities. Just that I can realize ideas which other people cannot develop as they lack qualification in their field or personally. This means that training is not only worth financially.Together with brilliance and hard work it ideally makes you unasssailable in the market. Then you are not longer at the mercy of a merciless competition', Ariana explains explicitly.'

'Basically it is quite simple: you can evade the sovereignty of interpretation of less educated and less tolerant people who are merciless by a performance that is also merciless in its perfection. And you can counteract the change of professional challenges by orientating yourself towards global standards.'

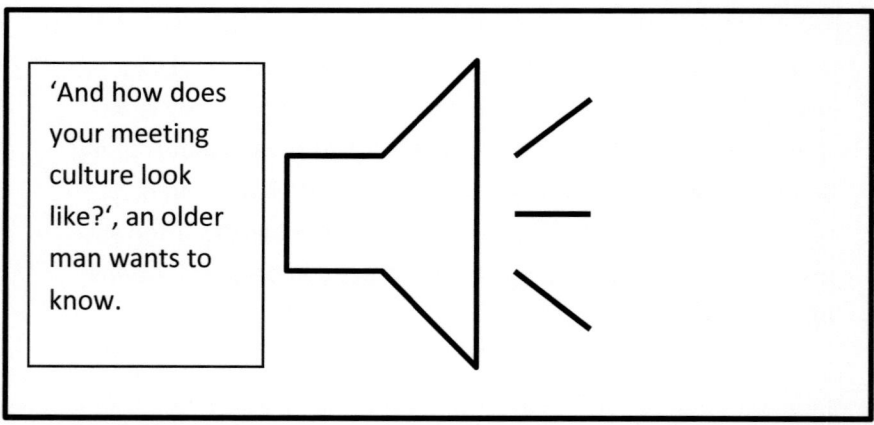

'And how does your meeting culture look like?', an older man wants to know.

'Before the meeting starts everybody uploads the own ideas on a platform which is intended for it. Thus we secure that no valuable idea gets lost. During the meeting they are discussed. All employees are only oriented in their field and they completly go without showmanship. Nobody is afraid of losing face or suffering setbacks in the ones own career as we have developed another system for it. We speak in an open manner and are just solution-orientated. Afterwards we develop the implementation strategy, distribute the tasks. Most of the time we are ready earlier. – We use the remaining time for network activities with the other meeting participants.'

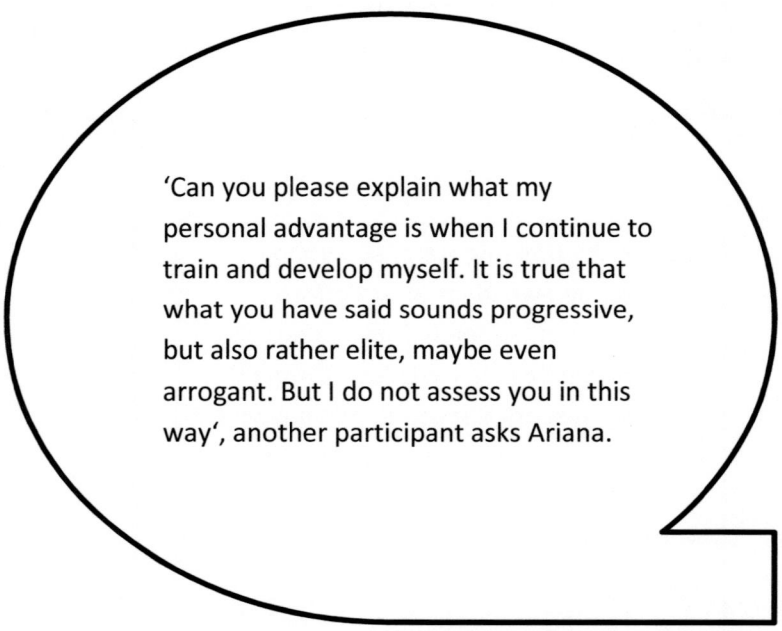

'Can you please explain what my personal advantage is when I continue to train and develop myself. It is true that what you have said sounds progressive, but also rather elite, maybe even arrogant. But I do not assess you in this way', another participant asks Ariana.

'Well, it might be that it appears in this way', Ariana admits. 'Those who want to be world leaders in their field have to opt out the mass consciousness to give room to unusual ideas.* Then you act as an interface or connection between the world of ideas and the physical world. And you can realize not only ideas as a magic act that makes you happy.

You also offer a quality and a potential that can give a home to highly intelligent and highly sensitive people. These people would remain alone otherwise. Therefore, you enrich not only yourself but also the world you are living in to an extremely high degree.'

*Do you know what you think? Imagine there was a form with columns of various spheres of life. Could you answer spontaneoulsy where your mind wanders mainly? Write it down for one day, analyse the results and interpret the percentages. Does that what you think correspond to the propaganda of the mass media (what are the components of what the majority thinks?) In how far does your thinking influence your professional activity?

An electrically charged atmosphere expects Ariana at the evening event. Her partner Mattieu, A'nah's husband, their daughter, their friends Binetta, Meriam and Marina with her partner are sitting in the first row.

A'nah's dress and make-up are androgynous. Spicy cheese lies on royal blue stones. Ariana soaks in information and distributes them to the persons who require them. While A'nah absorbs the event's atmosphere to pass it on to her audience in dancing form at a later point of time.

'What is inspiration?', Ariana is standing now at the event desk and is showing the glassy inspiration figure which is produced for them in the air with a pink coloured ray of light.

'An idea or action that moves your intellect or your emotions', a writing appears below the dance figure. This is A'nah's promt. The projection disappears and A'nah dances seven varieties of the prototype of the idea of inspiration. Inspiration symbols are falling from the ceiling on the heads of the audience. The light blue silver white laser light with black triangles changes into pink white light when A'nah ends in the position of the glassy dance figure. Frenetic applause.

And the glassy hall of sounds which stands between oxygen molecules built in the middle of the air gives birth to twins.

Kapitel 3

Inter-face

Embrace
the interface
as signs
between
the lines.

act

Ariana ist auf dem Weg nach Cannes. Sie denkt an den Gründerkongress in Nizza, von dem sie gerade kommt. Während ihr elektronischer Berater ihr die aktuelle Infos aus ihrer Firma übermittelt.

Im Geiste läuft sie zwischen reflektierenden geometrischen Figuren, auf denen sich Buxbaumgewächse befinden zu einem der Rednerpulte ihrer Firma, die eine Frage- und Antwortsession veranstaltet.

„Ariana, wie sind Sie auf die Idee gekommen, Ihr eigenes Unternehmen zu gründen?", fragt eine junge Frau.

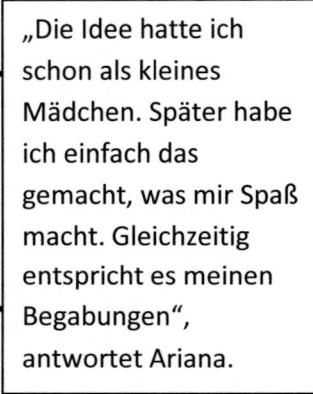

„Die Idee hatte ich schon als kleines Mädchen. Später habe ich einfach das gemacht, was mir Spaß macht. Gleichzeitig entspricht es meinen Begabungen", antwortet Ariana.

„Haben Sie für die Gründung Ihres Unternehmens Geld aufgenommen?", möchte die junge Frau weiter wissen.

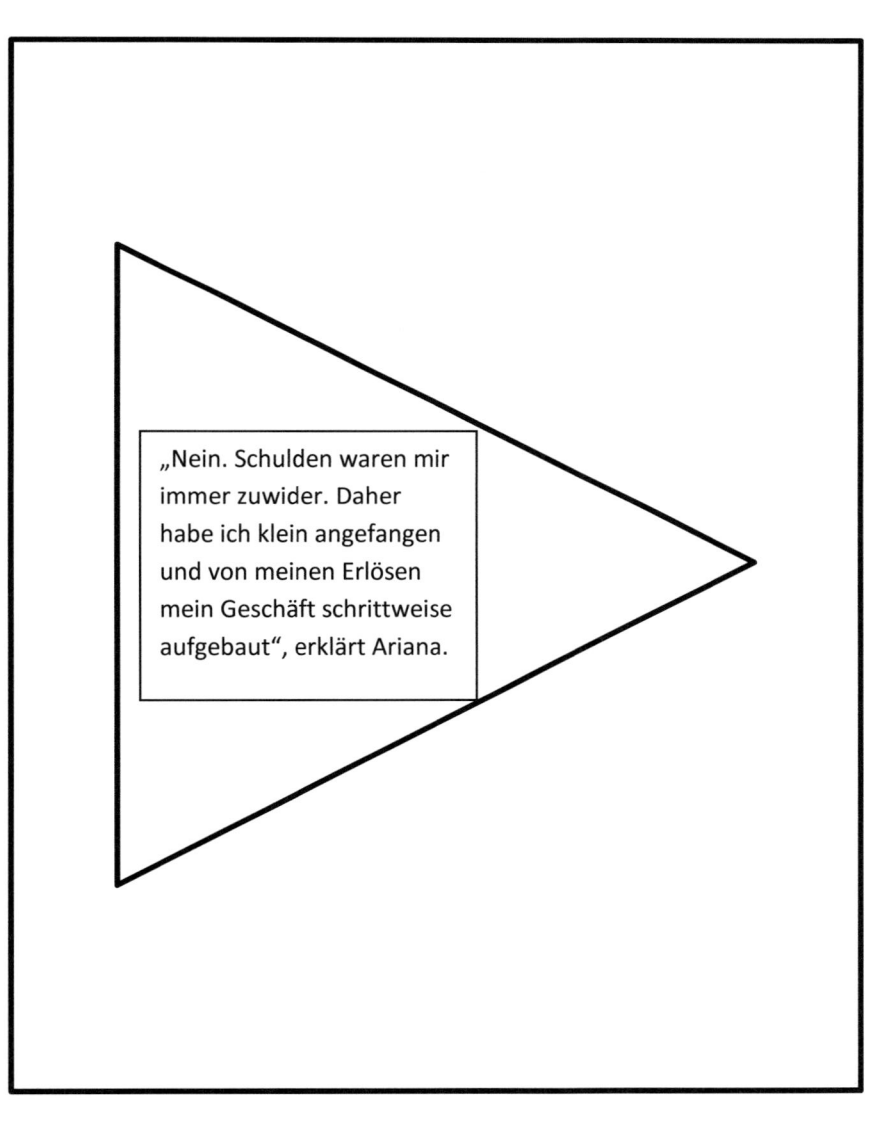

„Nein. Schulden waren mir immer zuwider. Daher habe ich klein angefangen und von meinen Erlösen mein Geschäft schrittweise aufgebaut", erklärt Ariana.

EMB

RACE

„Insbesondere habe ich in meine Fähigkeiten investiert. Um dann Ideen zu verwirklichen, die andere aufgrund mangelnder fachlicher oder persönlicher Fähigkeiten nicht entwickeln können. So lohnt sich Weiterbildung nicht nur finanziell. Gepaart mit Brillanz und Fleiß macht sie im Idealfall auch unangreifbar auf dem Markt. Man ist dann der Brutalität eines gnadenlosen Wettbewerbs nicht länger ausgeliefert", erklärt Ariana ausführlich.

„Im Grunde ist es ganz einfach: der gnadenlosen Deutungshoheit der nicht so gebildeten und weniger toleranten Masse entzieht man sich durch eine ebenfalls gnadenlos perfekte Leistung. Und dem Wechsel der beruflichen Anforderungen setzt man die Orientierung an globale Standards entgegen."

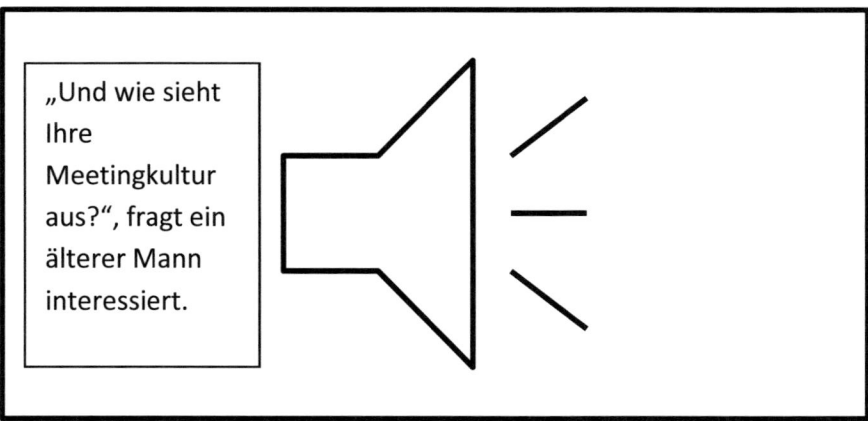

„Vor dem Meeting lädt jeder seine Ideen auf eine dafür vorgesehene Plattform hoch. Somit stellen wir sicher, dass keine wertvolle Idee verloren geht. Während des Meetings werden sie diskutiert. Alle Mitarbeiter sind fachlich orientiert und verzichten komplett auf Selbstdarstellung. Niemand hat Angst vor Gesichtsverlust oder Karriereeinbußen, weil wir ein anderes System dafür entwickelt haben. Wir äußern uns offen und sind rein lösungsorientiert. Danach entwickeln wir die Umsetzungsstrategie, verteilen die Aufgaben und sind meistens vor der Zeit fertig. – Die wir dann für Netzwerkaktivitäten mit den anderen Besprechungsteilnehmern nutzen."

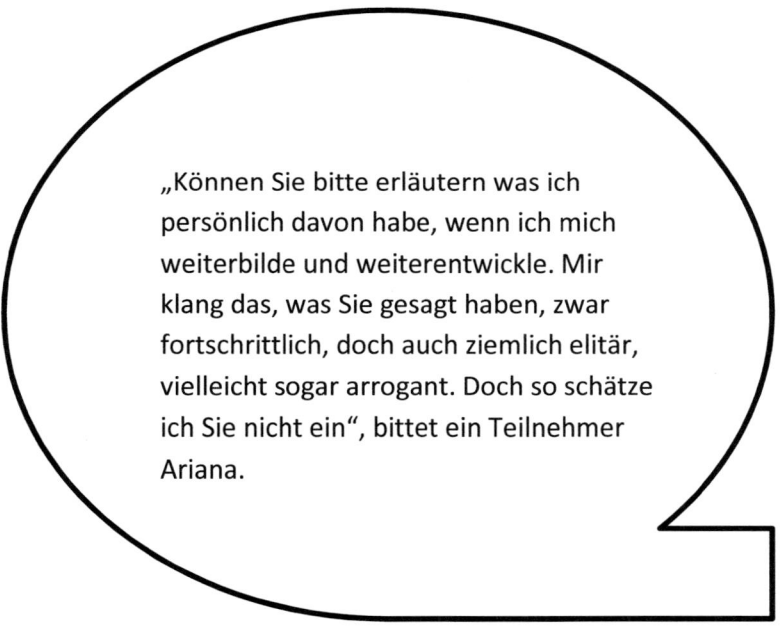

„Können Sie bitte erläutern was ich persönlich davon habe, wenn ich mich weiterbilde und weiterentwickle. Mir klang das, was Sie gesagt haben, zwar fortschrittlich, doch auch ziemlich elitär, vielleicht sogar arrogant. Doch so schätze ich Sie nicht ein", bittet ein Teilnehmer Ariana.

„Ja, das mag schon sein, dass es so wirkt", gibt Ariana zu. „Wer auf seinem Gebiet Weltmarktführer werden will, klingt sich aus dem Massenbewusstsein aus, um ungewöhnlichen Ideen Raum zu geben.* Sie sind dann als ein interface oder eine Schnittstelle zwischen der Ideenwelt und der materiellen Welt tätig. Und können somit nicht nur Ideen in die Realität bringen, die sonst keine Chance hätten, als ein magischer Akt, der glücklich macht.

Sie bieten auch eine Qualität und ein Potential an, das hochintelligenten und höchst sensiblen Menschen eine Heimat geben kann. Diese Menschen würden sonst einsam bleiben. Somit bereichern Sie nicht nur sich selbst, sondern auch in höchstem Maße Ihre Mitwelt."

*Wissen Sie, was Sie denken? Gäbe es ein Formblatt mit Rubriken aus verschiedenen Lebensbereichen, könnten Sie spontan beantworten, wohin Ihre Gedanken hauptsächlich wandern? Schreiben Sie es einen Tag lang auf, analysieren Sie die Resultate und werten Sie sie prozentual aus. Entspricht das, was Sie denken der Propaganda der Massenmedien (woraus besteht das Denken der Mehrheit?) Inwieweit hat Ihr Denken Einfluss auf Ihre berufliche Tätigkeit?

Eine elektrisch aufgeladene Atmosphäre erwartet Ariana beim abendlichen Event. Ihr Partner Matthieu, A'nah's Mann, ihre Tochter, Ihre Freunde Binetta, Meriam und Marina mit ihrem Partner sitzen in der ersten Reihe.

A'nah ist androgyn gekleidet und geschminkt. Würziger Käse liegt auf königsblauen Steinen. Ariana nimmt Informationen auf und verteilt sie an die Personen, die sie benötigen. Währenddessen saugt A'nah die Atmosphäre des Events in sich auf, um sie später in Tanzform an ihr Publikum weitergeben zu können.

„What is inspiration?" Ariana steht jetzt am Eventpult und zeigt für das Publikum mit einem pinkfarbenen Lichtstrahl auf die gläserne Inspirationsfigur, die vor ihr in die Luft projiziert wird.

„An idea or action that moves your intellect or your emotions", erscheint ein Schriftzug unterhalb der Tanzfigur. Das ist A'nah's Stichwort. Die Projektion erlischt und A'nah tanzt sieben Varianten des Prototypen der Idee von Inspiration. Inspirationssymbole schweben von der Decke und fallen auf die Köpfe des Publikums. Das hellblau-silbrig weiße Laserlicht mit schwarzen Dreiecken verändert sich in pink-weißes Licht, als A'nah in der Position der gläsernen Tanzfigur endet. Frenetischer Applaus.

Und die gläserne Halle der Töne, die zwischen Sauerstoffmolekülen gebaut mitten in der Luft steht, gebärt Zwillinge.

Thank you!

Danke!

Dolmetsch- und Übersetzungsdienst
Marion Wolters
Geprüfte Dolmetscherin Englisch

+++ Wirtschaft +++ Politik +++ Medien
+++ Energie +++ Literatur +++